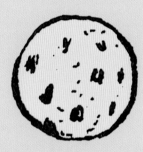

A mi papá, Amos. Las cosas son como son. . .
¡y yo estoy muy agradecida de tenerte! -jg

Picture Window Books
una imprenta de Capstone,
1710 Roe Crest Drive
North Mankato, Minnesota 56003
www.capstonepub.com

Datos de catalogación en publicación de la Biblioteca del Congreso
ISBN: 978-1-5158-7192-7 (library binding)
ISBN: 978-1-5158-7333-4 (paperback)
ISBN: 978-1-5158-7193-4 (ebook pdf)

Diseñada por: Hilary Wacholz

Printed and bound in China.
3322

LAS COSAS
SON COMO SON

PICTURE WINDOW BOOKS
a capstone imprint

Escrito por Julie Gassman   ilustrado por Sarah Horne

A Melvin no le gustaba
llevarse decepciones.

Si su galleta tenía menos chispas de chocolate
que la de su hermana, **¡CUIDADO!**

Si perdía su turno durante un partido,
¡ALÉJENSE!

Y si no conseguía exactamente lo que quería...

bueno, ya saben...

—Lo siento, Melvin, no quedaban mochilas de dinosaurios.

No, a Melvin no le gustaban **NADA** las decepciones.

Y por eso **NO SOPORTABA** la regla preferida de su maestra.

Las cosas son como son
y una RABIETA
no es la solución

Porque por culpa de esa regla, no podía tener una rabieta si tenía que usar crayones en lugar de marcadores.

No podía tener una rabieta si era el último de la fila.

Tampoco podía tener una rabieta si su servilleta era rosada en lugar de verde.

—Bueno —murmuró Melvin—, pero en casa sí puedo tener rabietas. Mi familia no conoce esa regla **ESPANTOSA.**

Pero esa misma noche, cuando a Melvin le tocó elegir la película, las cosas cambiaron. En cuanto eligió la película *Dinosaurios ruidosos*, su hermana pegó un pisotón y lloriqueó.

—¡Yo quiero ver *Un poni llamado Problema*!

—¡PUES NI MODO!

Las cosas son como son y una rabieta
no es la solución —dijo Melvin.

Todos se quedaron callados, mirando a Melvin.

—¿Qué dijiste? —preguntó su papá.

—Las cosas son como son y una rabieta no es la solución —repitió Melvin.

—Entonces, si tu galleta tiene pocas chispas de chocolate, ¿no puedes tener una rabieta? —preguntó su hermana.

—Y si pierdes tu turno en un juego, ¿tampoco puedes tener una rabieta?
—preguntó su papá.

—Y si no quedan mochilas de dinosaurios, ¿debes conformarte con la del robot y no puedes tener una rabieta? —preguntó su mamá.

Melvin tragó saliva. Ahora no podía echarse para atrás.

TODOS LO SABÍAN.

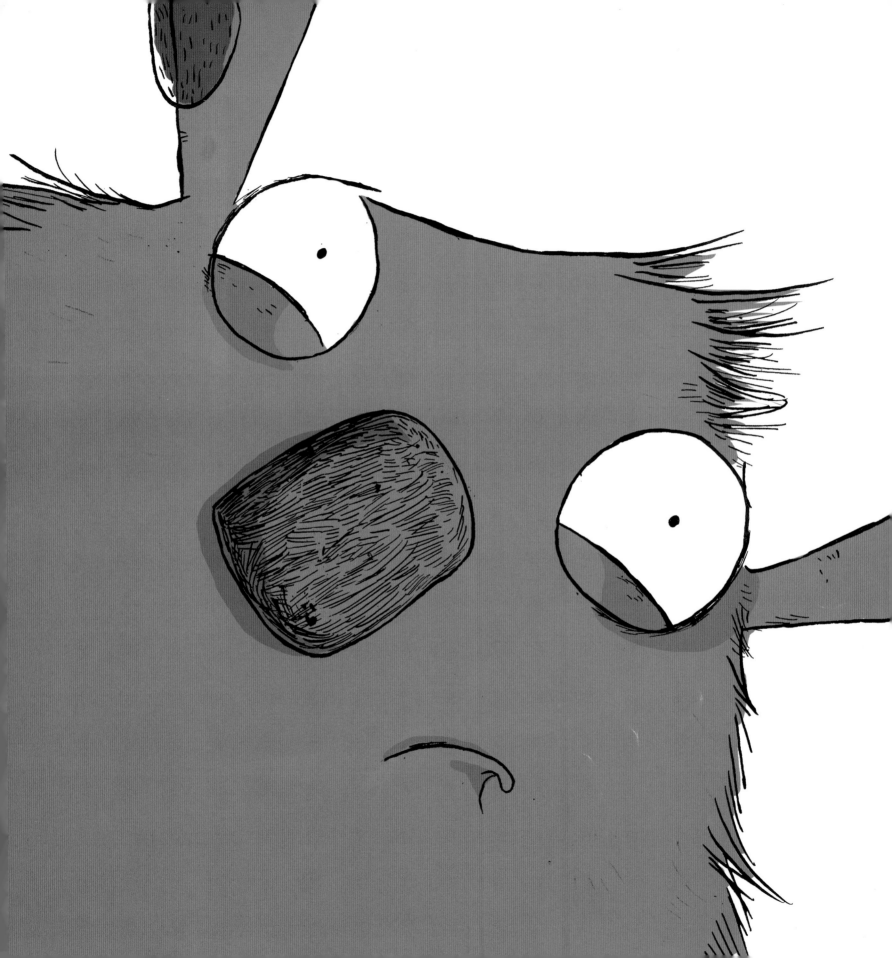

—Bueno, lo que quería decir es que en la escuela no puedes tener rabietas porque esa es la regla. Pero en casa sí puedes —dijo.

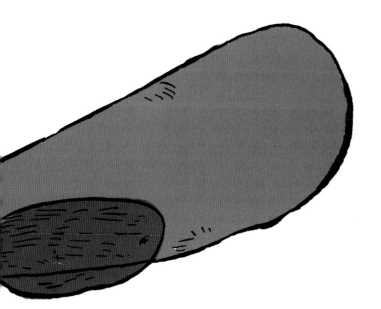

—A mí me parece que esa regla también es muy buena para la casa —dijo su papá.

—¡Estoy de acuerdo! —dijo su mamá.

—En la escuela y en la casa, ¡eso es lo que pasa! —canturreó su hermana.

Melvin quería **LLORAR.**

Quería **GRITAR.**

Quería tumbarse
en el piso y **PATALEAR.**

Pero no lo hizo.

Al fin y al cabo, las cosas son como son y una rabieta no es la solución.

UN PONI
LLAMADO
PROBLEMA